漂移丛书

磨喙集

方 婷／著

云南大学出版社
YUNNAN UNIVERSITY PRESS

图书在版编目（CIP）数据

磨喙集 / 方婷著. —昆明：云南大学出版社，
2017
（漂移丛书）
ISBN 978-7-5482-3069-4

Ⅰ. ①磨… Ⅱ. ①方… Ⅲ. ①诗集—中国—当代
Ⅳ. ①I227

中国版本图书馆CIP数据核字（2017）第178042号

策划编辑：徐　曼　**责任编辑：**宋　武　**装帧设计：**刘　雨

漂移丛书

磨喙集

方　婷 / 著

出版发行：云南大学出版社
印　　装：昆明市五华区教育委员会印刷厂
开　　本：889mm×1194mm　1/32
印　　张：3.125
字　　数：65千
版　　次：2017年10月第1版
印　　次：2017年10月第1次印刷
书　　号：ISBN 978-7-5482-3069-4
定　　价：26.00元

社　　址：昆明市一二一大街182号（云南大学东陆校区英华园内）
邮　　编：650091
电　　话：（0871）65033244　65031071
网　　址：http://www. ynup. com
E-mail：market@ynup. com

本书若发现印装质量问题，请与印厂联系调换，联系电话：0871-64167045。

语言漂移说正义（代序）

李　森

“语言漂移说”简称“漂移说”。它认为一切艺术语言均处于漂移状态，在漂移中生成诗意或非诗意，在漂移中寂灭或退隐、凝聚或新生；它认为诗性的创造既不来源于本质，也不来源于现象，而源于语言在漂移时刻的诗意生成。

语言漂移说之语言即艺术语言，它包括艺术中的日常语言、书写语言、视觉语言和符号语言等语言范畴。艺术语言既非形而上，也非形而下，而在形而中。“形而中”是艺术语言的滑翔地带，它摩擦着形而上和形而下穿行，形成自为自在的独立时空。我多年前试图阐明的“形而中诗学”作为一种诗学方法，是漂移说语言运动方法的构成部分。

一切艺术（包括狭义的语言艺术和广义的语言艺术），都在语言漂移说的观照范畴之内。

一切艺术都是语言艺术，除此之外，便无艺术。比如行为艺术，它是一种身体表现的艺术，身体在表现的场域（时空）中形成身体语言。身体语言只有在观照的时刻，才能生发为艺术语言。

一切艺术的可阐释性都包涵在其语言结构中，而不在语言结构之外。存在着脱离艺术语言的阐释，但那是非艺术阐释。非艺术阐释之大行其道，已经使艺术阐释全面沦落。

概念或观念阐释总是脱离艺术语言的阐释而自成系统，这种阐释或是哲学式的，或是社会学、文化学、人类学的，等等。非艺术阐释或是对艺术的过度阐释，或是语言漂移超越了艺术阐释的某种路径而形成的另外一种阐释。

语言运动的能力或张力，为任何阐释提供了可能性。艺术阐释如果有价值，那就必须为它划定一个界限，这个界限即是贴着艺术语言阐释的界限。

语言漂移说划定艺术阐释和非艺术阐释的界限，是为了证明艺术语言存在的不稳定性，不完全为了证明阐释的无效。然而，艺术阐释的无效性，亦是语言漂移的一种结果。

所谓阐释，当是语言漂移的路径，但不是说艺术需要阐释才能成其为艺术。事实上，那些伟大的艺术作品犹如一株芬芳出尘的空谷幽兰，它自身的存在已经达到了自足、直观、圆融的境界，它的存在本身无需阐释，因此，它反对阐释。不过，也正因为如此，它有无限多的可阐释性。但必须指出，那种种阐释，是开放的艺术语言自身被灵魂摩擦、砥砺而激活的诗意再生，不是概念或观念对艺术之美的反映。

语言漂移说的方法不仅是对艺术阐释的观照，也是对艺术创作的观照。

有效的艺术阐释或生成某种概念或观念，但其阐释路径总是贴着艺术语言，这是无需证明的常识；而无效的艺术阐释则必然形成“概念控”或“观念控”的逻辑系统，以“自圆其说”的冠冕堂皇调子反对常识。

有效的艺术阐释滋生诗意，甚至是无限多的诗意，它是诗意创造的种种形式；而无效的艺术阐释只有一个目的，那就是通过逻辑归纳和演绎系统获得知识。“自圆其说”的理论知识，多数是强词夺理的“伪知识”。

可靠而有效的艺术创作不表达、分有概念或观念的内涵。其创作过程或与概念和观念发生碰撞，但最终，它总是以一种回归事物、事态原初直观显现的力量，将概念和观念溶解而化生，恰如大海和盐。

从语言漂移说来观照，艺术理论、批评即创作。没有先验的某种理论和批评的出发点，只有具体的语言凝聚和绽放的路径。有效的艺术理论和批评在表达路径中成就自身，它不利用语言的表达或扩张能力奔向某个目标。作为动词的艺术、诗、美只能在语言自我开显的路径中具体地显现，而不可能呈现整体性的目标。艺术语言只有在被利用时才导向整体性的叙述目标。

没有上帝视觉的本体（整体）性的艺术之美，也没有上帝发声式的艺术法则。按照贡布里希的说法，没有大写的艺术（本体的艺术），只有具体的艺术家和艺术作品。进一步说，没有语言自在、自为、自我生发、蕴成之外的艺术。

在《色—彩语言诸相的漂移》一文中，我论述了“本在事象”最基本的四个漂移路径。即“直陈其事”的漂移、“修辞幻象”的漂移、“纯粹形式”的漂移和“意识形态”的漂移。这四个漂移路径囊括了所有艺术哲学或诗学理论的阐释路径。也就是说，古往今来的所有文艺理论或批评路径，都无出其外。本质主义—非本质主义、主—客二元结构理论、模仿说、反映论、形式—内容二元结构理论、形式主义、表现主义等等，均包含其中。这些理论先制造概念，再形成观念，然后利用逻辑归纳或演绎构建庞大而坚硬的系统，将艺术家和艺术作品关进牢笼。这些宏大的理论，都是语言漂移的种种结果，但语言漂移说将它们视为艺术阐释的无效阐释范畴。

我说的“本在事象”，即是艺术语言或它的结构。何以故？“本在事象”如果是非语言的，那么，我们对其一无所知，它们也不可能进入人类言说或表现的诗意世界。这就是说，人的感知或玄想的存在，是一种语言的存在，而不是实体的存在。人是语言的人，能感知的世界是语言的世界。说白了，人和他们的生活世界，神和他们被创作的世界，自然和它的存在，都是语言的存在。与生命有关的存在，通过语言才能确定。正如海德格尔所说：“语言是存在的家。”除此之外，按照维特根斯坦《逻辑哲学论》第七命题的忠告：“对于不可说的东西我们必须保持沉默。”老子的思想亦处于反对说、而又不得不说的两难之间，这当然是早期圣哲对人类的千古忠告。事实上，《理想国》里的柏拉图也处于说与不说的两难之间，但他还是以“假设”的支点和“比喻”的诗性表达方式说了许多，也虚构了所谓“理念”，为人类打制了一副“理性”胯下的马鞍。柏拉图为了做“哲学王”，为了打制这副理性的马鞍，怀着悲智、悲情之心，将诗人——他的灵魂的一半——自己也是个杰出的诗人，赶出理想国。但从他的全部对话录中即可看到，哲学，“本质上”是利用逻辑表达系统而言说的文学。不能洞明这一点，即是逻辑主义的智障患者。

艺术语言的漂移是具体的，而不是抽象的。一个词，一个句子，一个笔触，一点笔墨，一根线条，一种音声形色，作为语言运动的“表象”或“形式”，它们总是寂静地、平实地、纡回地或疯狂地处于某一个作品结构的“位点”上。而所有“位点”，都是“暂住”的位点，即漂移的位点——既不是“本质”的位点，亦不是“非本质”的位点，而是“暂住”的位点。理解这一点非常重要，因为语言漂移说，既非本质主义的，亦不是非本质主义的。因此，语言漂移说反对一切凝固的、教条的、逻辑主义的或任何主义的语言强暴。

一切艺术语言之为艺术语言的确立，都源于人的感觉、感知能力，然后，将其蕴成文字、旋律、节奏、形色或符号。用佛哲学（非佛教哲学）的看法，即源于“眼、耳、鼻、舌、身、意”这“六根”，通过此“六根”的感觉、感知发端，风春万物般与“色、声、香、味、触、法”这“六尘”的“情识”摩擦、蕴育而生发。有效表达的、蕴有纯粹诗意的艺术语言，是一种符号化暂住的、鲜活流荡的“蕴”，即一种自成意味的生命序列。它看似是系统性的，但“实质上”是碎片式的。朵朵桃花看似是一个整体，其实是蓬松一树那相似形—色、彼此陌生的碎片序列。当然，可以假设它是一个整体性序列，并与时序和空间相联系而蕴成之美，但仅仅是感觉、感知的一种假设性的观照。艺术语言的存在序列，犹如一树桃花，见与不见，开与不开，美与不美，都在观照的“此时”那个“位点”上“暂住”而被看见，被描绘。艺术语言的色—彩、笔—墨、笔—触、形—式，永远不能抵达那一树实体的、实相的桃花，因为语言艺术中隐秘的一树桃花，既非具体的一树桃花，也非本质（实相）的桃花。这是语言自身的决定，人或神都不能做此决定。

艺术语言的“暂住”，是语言漂移的“暂住”。是故，

“暂住”其实是诗意的“无所住而住”。《金刚经》说：“不应住色生心。不应住声香味触法生心。应无所住而生其心。”说的是，有“缘起”，则“暂住”，无“缘起”，则“无所住”。在语言漂移中的“暂住”，即是“生其心”，生诗意之心。

每一个语词、每一个单纯的符号，都是一个小小的宇宙，一个处于寂灭或生发碰撞时刻的生命之蕴。

我们不能利用艺术语言，我们只能激活它，或拯救它。救救我们的语词吧，因为，它们是我们精神生命、现实生命的细胞。

诗意的语言存在，是心灵结构漂移幻化的某种样式；推而广之，可以观照的心灵结构存在的样式，亦是语言漂移迁流存在的样式。至于那些格式化心灵结构的存在样式，则是语言漂移迁流过程中自我固化的种种死亡格式。

从自我拯救语词开始，自我疗救审美智障，即是审美心灵、诗意心灵的自救。

语言漂移说的提出，是要告别所有诗学理论的。但这不是说，要以一种理论的雄心替代或征服另外的理论——那也是逻辑主义的神经病。如果人们有此看法，那是对此说的误解。因为，语言漂移说“本质上”并不是一种理论，而是一种开放的、处于语言运动自我生成诗意时刻的审美方法，一种素朴纯真的人性观照思—想，一种自我拯救语言—心灵的行动。在它为人之为人的审美自由开掘路径的同时，它就是某种随时处于被激活状态的审美自由。

2017.10.6　燕　庐

目　录

第一辑/万溪

风 景

连日大雨。放晴
文章间歇，滇池东岸散步
光，水，云的风景大片
自然与制作已分不出界限

不止一次地看，拍照
回头，但已不能惊叹
还是想多停留一会儿
也许会有什么变化呢

对一处风景的最大赞美
是这里适合情侣漫步或筑巢
世情从不肯放过大团圆桥段
没有，也要为此虚构一对

唯老人不动声色，逐日色来去
如好阳光与好空气的意义
因为悲心的尺度开始明晰

爬　藤

傍晚，经过一片爬藤，看见
它们紧紧地抓住坡地，向上
攀升。爬上美人蕉，爬向了
四季青，爬上三角梅，爬过
铁树，爬上棕榈，爬向海棠
爬上玉兰，卷曲的幼尖探入
枝杈的缝隙。无数次经过时
都只看见它们绿色的叶片和
光斑。现在，对触须的偶然
一瞥，我发现一张侵略者的
油脸，无可遏制地在厌恶中
放大。仿佛洞悉夏天茂密里
的隐情，我洞悉自己的阴暗
那些被意识形态密语豢养的
疯狂，牢牢地将我钉在语言
的十字架上。现在，我开始
想念，那些迎风低回的青草
仅仅一个季节，就铺满坡地

用自己反对这个世界

周围全是未完成的高楼
避雷针在头顶忽明忽暗
塔台，伸出捕风的手臂
把深谷举向离散的人群

绿色纱网红色标语缠绕
贩卖着诗意栖居的谎言
渣土车碾过，在枕上
模拟梦魇远航的汽笛

人类表情塌陷，如黄昏时分
急躁的鸟鸣，老人搬着凳子
从此到彼，追逐碎屑的光
候鸟羽翼的空隙，云的喘息
肺如焦釜，为末日保重身体

与镜头看世界的方式不同

前方楼房过道的绿光
像幽灵的齿
咬碎夜的静和冷

墙上的影子翻动
却并不朝向诉说

蛙鸣来回拉锯
如儿童时代铁皮鸭
齿轮的回弹

没有人需要在梦里获得问候
语词在端庄的诡辩中偷笑
正如此刻　我们共同的房间

眠床上的人在祈求孩子
并为他虚构了一条来世的路
这条路在月光里延伸
延伸 背对圣洁

他是哀对悲的见证 种子
将在清晨肆无忌惮地发芽

世界的某地
电流声穿过头顶
碎成湿漉漉的耳鸣

芒　部

入冬以后，黑鹎在柿子树上打转
等待枯叶落尽，啄食橙红
孩子坐在坟头玩耍，张望陌生人
怯生生地告别，说要回家

古城池的大门敞开为荒原的村落
万籁的雾霭中游离一丝清寒
碎片重新拼接打磨，龟背驮着虚空
在失踪的铭文中回望先祖

洗米的人，放牧的人，引路的人
泥泞的田埂上不知去向的人
消失在下一个转弯的石壁之后
低头屏息，等待祝酒歌响起

即　景

还在试图描绘风景
如描绘一口残破的钟
一头梦枕上的乱发

眼到之处，人群浑浊如流
愤怒鼓胀出口号，反对
和无关壮志的热血

河流对岸的山
喂养出对天空的信仰
或偶尔的头部运动
还原，一个锐角的虚空

我爬上围栏，寻找风与鹤
替身华亭寺塔楼屋檐的铃
捕捉一次风的震动
听经、听雨、听日光

河水在眼眶里滚沸
映出一张苍白的脸
桉树叶，因敏感而绝望
想起另一个白色的自己

追　光

剧场　追光划分出人与人群
半个月亮　晃疼了双眼
光里面的人如坐针毡
身后是天鹅绒的流水

回声把言语变成结巴
把结巴变得体面

凝视黑的暗，凝视
等于分辨自己眼珠的颜色
光亮更白　人群更大　声音更长
耳语变成呼喊
跨越无数连绵的山头
隔座眺望

无题，或万念俱灰

夜十一时，有人在哀牢山寻死
他痛，他绝望，他万念俱灰
很想对他说些什么
至少是劝慰　是平抚
语言在喉结上吞咽
什么也说不出
日常足以杀人千万次
安慰，是比哀牢山的黑
更大的谎言
我只有想念，无数次地
想念他的死，和他的
比死更艰难的活
只有这样，才能留住
一个万念俱灰的人
还在试图说出“万念俱灰”
这意味着什么呢

故乡短歌

一

冬天还不来
鸟儿从胸膛鼓出音符
拖长的尾音
被黑色羽翼剪断
盼望一场雪的覆盖

二

后半夜寂静
送行的高音停止
守灵人低泣
炉火已半明半暗
唯寒风重新上路

三

一地的碎屑
遗忘昨夜的俯冲
星辰忙着坠落

帘幕后尽是睡眼

你是哪一朵

四

早安，诗人

窗外是烟花

语言助兴下雪

一个普通的日子

因为临界，有了意义

五

透过伞状的树冠

辨别光，霜冻中

辨别草的枯黄

屋前的柿子独自橙红

石棉瓦上留着一层薄雪

在笑声中融成波浪

玫瑰的形而上学

不知道什么时候开的
出门时它已在那儿了
不认识的，叫不出名字的花
从蜗牛的壳里旋出
用重复的手延长忐忑
如阴谋家的缜密
解花语的人
在玫瑰的国度里
寻觅它的月季亲戚
和蔷薇妹妹
没有徘徊
也没有刺

坐在花园长椅上的老人

这是传说中的鬼城
夜晚，房间漆黑一片
像沼泽地里无数张鳄鱼的嘴
花园的长椅上坐着几位老人
为了给孩子看更小的孩子
他们离开乡土，离开朋友
在另一个城市里唱空城计
在微茫的夜色里播送自己
跑遍附近所有的菜市场
从清晨到傍晚风雨无阻地散步
寻觅乡音，眺望家乡的方向
数落青菜少了霜打的甜
早晨的太阳懒惰得不像话
天气好脾气得叫人不痛快
连月亮都那么不顺眼

鸡 鸣

鸡鸣三遍　平原
玉米地正在抽穗
等待第一轮熹光

车厢里酣眠正浓
妈妈用自编的惊悚剧本
哄骗不肯睡去的孩子
旅人表情惊骇
谈论艾滋病村　就好像
看见了菌的飞动
继而　话锋一转
故乡的酸菜　谁比谁更酸
女人关心该如何保存
男人关心该如何烹饪

鸡鸣四遍　梦中
孩子找回自己的鼻子
玉米穗屏住呼吸　还是
惊动了身旁狭窄的荷塘
和荷心中的那点蕊黄

警车开过

警车开过，有人犯罪
紧接着，人群围观
审判成为一场宴会

开夜车的人，嗅着风的呼吸
寻找一点寂静之外的新鲜事
那点新鲜，像面包上的一个气孔
书写着蓬松的限度

露水裹紧的一只蚊子
它一动不动，一动不动
也无法修改它的前世今生
这只蚊子，双足修长
步伐优雅，等待一面白墙
一片荷叶，一段凝脂

锡箔纸包裹的理想
融化了人群的未来
还有明年，还有明年
也无法改变今年的绝望

边 民

红河的水　日夜不停地玄想
两岸的边民　日夜不停地流
载着浑浊、迟重的笑声冲出山谷
对岸是完整的山　低矮的房
和寂寞的公路
这头是世代的灯火与叫喊
越南人的苦笑印在每一条街道
和每一张钱币上

侧　影

我总是隔着纱窗望见你的侧影
一个六七岁的孩子
躲在床下，等待恐惧过去
期盼一次无果的迁徙
蚂蚁沿着水管爬上灶台爬到碗中
我记得你掀开碗盖的右手
你捡拾心爱之物
为它们打包，找藏身之所
你在风口里穿针引线，缝补
把每一件衣裳改到面目全非
但合乎自己心意为止
你固执地不肯转身
不肯走到他的床前
任凭仅有的那点记忆随水流逝
就像今夜的消息传来
我只能在深冬的寒风里
隔着千万重暮色遥望
为一个看不见的侧影

七　月

只是一夜之间
水流推开花瓣，光的牵引
像推动云团的滚动
推动山间的伐木丁丁
却推不开木叶的阴影

舌尖顶出棕色的小锤
附着朱红的绒毛，悬而未决
如卡雀的种子等待信使
探入空气的味蕾

紫卷向深紫，白融成绿白
向山下的石子挥手
向海星的湖蓝弯腰

只是一夜之间
水流推开花瓣，记忆的波浪
不再向前，六月已成往事

篱　笆

耳朵里的话谈也谈不完
宝珠梨的圆总也圆不完
此刻　我的眼前只有一道篱笆
因此　我的心里就长出一道篱笆

长长短短的木桩扎成的篱笆
高过我的头和我的眺望
篱笆外面我一无所知
只有斜过缝隙的光
从额头一直坠到脚尖

篱笆里面是人造的凉亭
人造的味美和人造的风流
这点风流　流不过秋
流不过绒布鞋面
至少　流不过这道篱笆

蛾　子

整个夏天　一只蛾子
呆在幽黑的茶叶罐里
等待天光一刻
这一刻　步履迟迟

为了打发漫漫长夏的黑
它从一朵晒干的花头
欢快到另一头
想象蜜蜂的舞步
与茉莉的陈香周旋
分辨每一朵花的形状

从哪一个虫卵的腋下
生出褐色的翅膀　翩翩
如一位诗人　心明
眼却不亮

罐口开启　羽化
没有象征中意味深长
夏还在　色已焦黄
蛾子依旧循着花香
没有人知晓它的目盲

车窗上的雨滴

乘着风
雨滴　追赶雨滴
在玻璃上犁出航道
他们玩大鱼吃小鱼的游戏
拉笔直的吊杆与鱼线

为了聚集与新的分娩
无数雨滴躲进另一个身体
内心的钟摆让他们自觉地融合
直到饱满得不得不落下

雨坠落成另一个词　雨滴
仿佛时间的箭矢一头扎进裂隙
它的迅疾里有一种锋利
不像沙漏的腼腆

更多的雨滴噗噗噗地找位置
像海滩上晒太阳的海豹
推搡出一首乐曲

烂泥塘

——阅读鲁滨逊

好像，他是世界上的第一个人
又明明带着文明世界的记忆

深入荒凉岛的腹地
让他看起来像一个僧人

把自己想象成宇宙的果仁
一次面包香中蜜糖的包裹

一次次在烂泥塘里复苏
一个关于腰的处境

从未穿越过海
却写着哲学式航海日志

对坐，整个下午

我们的谈话
像紧张中变形的舞蹈
兵器尚未亮出
已有人应声倒地

语词迎着风
坠入海心
在老农夫的手里
游成一尾鱼

我在想你说的话
你在想我为什么不说话

我在想　看绿苹果的人
吃绿苹果的人
写绿苹果的人
如何把绿想成另外一件事
我在想　你我同在这首诗里

线 喻

一根线
成就了聪明的头脑
剪断了智力的气球
让世界仅剩“有”
和关于“无”的冥想

这根线
像牛郎与织女的银河
河水舀也舀不干
跨也跨不过
河两岸的人急也急不成

渡河　渡河
修一座理性的大坝
让它南水北调
东水西流

为什么不能等待
等待河水流到门前
就像桃花与桃子
分享桃树与四季

边　界

用棉花模拟一朵云
用云朵言说蓬松
用蓬松抵达事物的密度
这些　都不过是用一个词
拉拢另一个词

柏拉图拉拢太阳与善
李白拉拢月亮和酒
亚氏让诗与美比邻
理念众声喧哗之时
事物的昙花独自静默

谁把一生放在天平上
去称一个词的重量
思想的砝码打磨得
立不住一片羽毛

关于翅膀的另一种说法

如果人人都有翅膀
天空中将满是柏拉图
他们会在云层里相撞
会在雨中错身
会在雄辩中伤到对方的手脚

那么　也许
他会自愿回到地面
垦荒　像一个农夫
日复一日地耕作
然后在耕作之余遐想

那个令他眩晕的灵魂
还会再次敲打他的脑壳
在回望云中之云时
忘却手中的犁与锄

镜子的隐喻

镜子
反射的奇迹
月亮的背影

镜中人成为主角
生活成为私人物品

重重叠叠的影子
流向黑暗
流过身旁

它的左边是你的右边
它的形状是你的雕像

古人没有镜子
水就是镜子
河流就是镜子
铜面就是镜子
我就是你的镜子

人需要镜子
因为需要一个自己的房间
需要将影子与自我隔离
需要于无人处对饮

走入镜中
走入过度修改的丛林
走入身后的世界

看 念

从一个苹果开始
人跨出神的定义
看见自身
看见皮肤上的斑斓
和心灵的孔洞
花了千年的时间
想要抓住这看见

从一个苹果开始
返回　返回比看见
更难抓住的真实
返回　火光与星光
静物的流逝

从祭品到祭品
不断　背叛自己
不断　被投影
直到什么也不剩下

第二辑/玉案

光的记忆

光从一个棂子到一面墙
要跨越多少尘埃

螺口从湖底上升到空中
要捻碎多少记忆

井底的云在圈子里摇晃
圆外是另一个圆

等待一个面孔
探出头来的瞬间
白鹭一声召唤

生命在颓垣断壁中
安顿　年复一年

云与井

白云盘出一口井
留下一个蓝色的洞
我们是井底的人
个个坐井观天

井里的鱼儿不闹
不知道头顶有天
青蛙忙着旅行
忙着鸣叫

井原是云的虚构
虚构是人的嫁衣
蓝是天空的镜子
顶着白云的肚皮

夏　至

胸中的烦躁
找不到蝉鸣
替我喊出
夏天的第一声

青蛙　集体酝酿
一个夜晚
冲出季节的云朵

想象一下
蝈蝈女士们的地下王国
庞大的合唱阵营
无论如何轻手轻脚
她都拒绝靠近

筇竹寺

后院的毛栗子
一颗颗地堕下
褪去尖锐的刺
青涩的壳

绿叶落尽的玉兰树
开出光洁的花
从不停止地盘结
与落下

松涛迎着风的姿态
背对着人群
八百年了
我驻足在你的眉下

注 视

采摘不完的
红蜘蛛和蚜虫

剪不断的枝叶
和结不完的网

寓言　一天天长大
抟成果子　压在枕上

直到风　把它
催熟上枝头
再不得已落下

果子的真实
砸在荒凉的肩上

说出　把语言
变成沸腾的劫难

咒语　翻转日夜
注视　免去妄想

小白狗

一团模糊的白色
移动，跳跃
阳光中奔跑着一只小白狗
模拟鹿的姿态

没有任何预料地
落叶入怀
秋天记挂着一叶

孩子的胸前挂着蓝色的水壶
混合着高原的红
发出谁也听不懂的言语
兀自高兴

一个半圆，两棵树
就成了一个站台
时刻表从来不准
不到最后一刻
谁也看不清司机的脸

人群聚拢　各自闲话
只要停下来
秘密就涌出来

悲伤，与悲伤无关

没有时间悲伤
至少没有时间去想悲伤
去流露悲伤
如一个悱恻的诗人
流连痛楚的诗句

此刻　悲伤不是一个词
不是一份记忆
不应该成为一个主题
至少　不应该占领我

满怀的碎片　那些
关于悲伤的预知
和关于直觉的秘密
让我无法停止地陷入
对真实的恐慌
和对忏悔的绝望

开　头

故事还是无法开头
已经写到第五段
第十五段
第五十段了
还在铺陈
主人公尚未登场
只有一屋寂静
讲故事的心情已经没有了
开头也找不回来了

梦

——给 L

你告诉我　你做了一个梦
你梦见了一个镜头
月亮靠近你的镜头

琥珀色的眼珠
靠近　然后再靠近

地球之上　没有你
镜头之外　也没有你

你的梦是你希望的幻觉
树枝上摇下的一片落叶

以为告别

文章断了
如何粘连

你扭断了先生的文章
又扭折了我的笔

朝向一个深度进发
荷枪实弹
带回一脑壳的包

你眉棱骨戳破的旗杆
还立在家乡的土坡上

我立在灶头这端
为你做青椒煮鱼

月亮节

月亮下的人
在远方　向我叙述
有人用手捏开一个个
核桃　为她
这不是核桃的快乐
也不是远方的快乐

月亮上的人
在企图驾驭月亮
渴望吟出一个迷人的句子
吟出自己的才情
和一个月亮的身段

无数的人
追月而去
我只为你采来　一颗
喜马拉雅山上的岩石
让它照见你时时的打磨

凭　阑

凭阑　独自
扶梯已经生锈
什么也望不见
高楼耸立
薄暮冥冥

更远的地方
蓝光跌入梦中
无桨　无声
欲济无舟楫

你抒情的小坡
一直延伸到底

白

白
白中之白
纸上的新盐
绢上的新泪

素手轻把芙蓉
梨花悄然胜雪

夜归的人
身后一片寂静
雪照亮天空
时间积身旷野

白
白中之白
等待一声敲门
等待一个边界

安于此

安于阅读
安于不索取
安于不抵抗

安于眼前的倒影
安于橘子的缺口

安于闻道有先后
安于对面不相识

安于人
安于人只是人
安于人外有人

安于此
勿思彼

隐　喻

语言的隐喻
一把打弯麦子的镰刀
风中飞舞着
收割的声响

总是一再地俯身
贴着　沉默的耳朵

滑出去　滑出
预知与想象的头颅
滑出某个轨道

那些高于存在的存在
在一个陡峭的夜晚
被悄悄抹平

卖糖的女孩

女孩卖糖
和妈妈一起
支了一个红色小摊

筷子　方盒
木板　雨伞柄

妈妈卖糖
和女孩一起
捏了很多个糖人

向日葵　孔雀
花狐狸　大灰狼

她捏的鸟　没有面孔
只有翅膀
她捏的花　没有花瓣
只有绽放

买一支糖　或者……
那样就成不了她的朋友
跟她学捏糖　搂着她
平息她无法说出的倔强

过铜锣滩

我没有到过铜锣滩
我只是先想象了这个名字
然后经过了一个裸露的河床

我想　铜锣滩上
应该有个打铜锣的人吧
至少　也应该有几声歌
几声鸟鸣　几声号子

我不甘心她只是一个名字
就像　我从不甘心
小鸡街只是一条街
双水只是两条河

我到过铜锣滩
如果经过也算到过
如果读过也算到过

热风枪

像一只垂死的鲨鱼
等待人们击毙的愿望
买一支热风枪
藏在上帝扔下的球鞋里

城市的体面
宏大叙事的玻璃窗
脱了一半的上衣
人群的惊声尖叫

安坐在哪里
驻足在哪里

叶已枯

叶已枯，但还不愿离去
不愿掉下
掉下的地方
会有一个伤疤

水分涵养在最高的枝头
花的肩上开出新的花
刺慢慢地往上爬

苹果红，青草绿
万物尚在等待
诗人已提前离场

何妨私语

泥沙　年年覆盖
终于夯实成一垛矮墙

时雨时歇的雾气
攒成一道清秀的目光

你衣衫摆摆
一脸的苦相

赤面黑手　请我坐
虚掩柴门　等我答

长毛梦

——给 Y

似乎不相识了
你盈盈地向我走来
带着红的外套与记忆
擦肩而过

只是一个梦
只是梦见了你
不是因为想你
想你可以去看你

半日晴

翠湖　半日晴
每一个阴影下都聚集着人群
四面八方而来的文化赶集
那些无法填满的时间与心灵
岸角庄严　篱笆茁壮
一切繁荣都被肆意修改

乞食的天鹅追逐着人群的浪花
你看不见　风的姿态
然而　柳枝在动　荷叶在动
台阶光滑　水面粼粼
无处不在的赋形
何者为山　何者是水
何处是园林

云蒸雾罩

你要揣得住的准确
而不是云蒸雾罩

可是我没有病历本
没有档案袋
没有白纸黑字

我只有一些瓦片
一些不入眼的
虚空

在路上

凯鲁亚克在路上
盖茨比在路上
我在不在路上

似乎不垮掉
诗意就无从升起
不走出来　就无以知晓
路的静谧

长长的日子　缩减为
两个山峦之间的旅行
时光　无限复制

砍柴　生火　掘地
行脚处　风岚正起

煮　豆

——写给一位神经性官能症患者

一首千古的诗歌
被人拿走了两句
沸腾　隐没了
釜底的燃烧

一个人出走
跟从了一个谎言
奋力的喂养
奋力的生长

一次不断下坠的等待
无法同时跃出的节奏

闷　压

漏尽的岩石
歪着头
诗歌　像架上的葡萄
挂在空白里

闷压
即使写成了诗
吟成了歌
即使心事
烂成了花

困　水

要有光　或者要有云雾
要有依傍　或者要有呼应
绕过石块　绕过树
绕过火塘
背草　背孩子
背犁
小的跟着大的
少的跟着老的
露台一样的眼睛
月白下的金黄

玉案山

响尾蛇在秋天打了个哈欠
隆了隆身子
盘成了小山丘

云在背上
伸了伸腿脚
游成了龙

天空想起了什么
撕裂了一场雨

所有的屋檐下都挤满了
来不及躲藏的人

黑夜吞没所有的抵抗
剩下最后的一点红

“沉默”，对答

“山在夜里才自默其高，
因为不安寂寞。
登泰山而小天下，
于是泰山思慕夜。”
登泰山而小天下
此事与泰山无关的
天下既小，何来泰山之大
山之高，高在自默其高
还是思慕夜，最诚恳

第三辑/地台

磨 喙

小喜鹊有大德
立在枝头也不慌

磨喙　磨喙
三下两下　三下两下

月　涌

抖落
半身的光
半身的辰星
尘世的第一尊佛像

楠 园

南方　楠木
南风　喃语
只是水边的一片闲情
就打发了一世的下午

月　夜

将黑色的心事凝成思绪
吐洁白的诗

在深渊里打坐
问一句禅语

露水打湿衣裳
翻个身　是青草

发狂的兔子

打在脸上的最后一盏灯熄了
风把兔子送回笼中
任它发狂地啮咬
围困过它的绳索
利爪挤满天空
它急躁得不肯动一下脑

乌　云

逼近
乌云的脚掌
无法靠近
迎上前　等待
灯光　标识出人群
想起爸爸
世界的某个屋檐下
沉默中涌动的艰辛
第二次交出自己
向外的身体
秘密

诳 语

下来　歇脚
黑白相错的猫

探望　祈求
高高在上的狗

暗室　舍身
哮喘的书生

风中的苇子
月下的茅草
爬满青苔的坟头
去年的纸钱
面壁的床

忘记怎么办
当真怎么活

下去　下去

一样的结语

一样的虚妄

失踪的刀柄

翻过　下一世

看 你

散了一个很长的步
一直到你家门口
揣了一颗糖去看你
化在了路上

隔山隔水的远
你要好好儿地回来
我们恭恭敬敬地扶着
护着

天　边

星星已经踩着它的车轮阵来了
你却还躲在天边绣花
火焰已经淌到脚边了
你却还在月下洗鞋子

你说先把日子度下来
剩下的是运命
你说不要去理睬扰耳的疯狂
那不过是镜中的花月

你立过的树下
走过的田间
高枕过的敝席
真理缓缓地涌出

一个与另一个

一枝箭挣脱一张弓

一轮月抚摸一个夜晚

一束烛火青睐一汪黑暗

一个果子诱导另一个果子

一个身体抵抗另一个身体

一个我眷恋另一个我

佛的影子

风把石凿出了一扇门
然后扯下衣裳
裹了一道佛的影子
迦叶从中穿过
定成了风的眼

佛陀也曾是人家的小孩
也是端正的样貌笨的心
也曾拥着一床书
忍过一个寒冷的雨夜

背影的前面

人游于梦中，并不知
梦为何物

立在山头仰望的人
早已忘却山腰的云朵

阳光挣脱云层
抛出金色的丝线
是要搭救吗

山峦只是背景，它
不断后退，
并不求跃上前台
背影的前面还是背影

借一个童年

你跟家里的婆娘借了一个故乡
然后你又问儿子借了一个童年

你逃到一片炽烈的土地上
接受风和阳光的盛满
你允诺这是一个君子的交换
你要把遗失的通通唤回
把更深的许给

在泥巴里灌进墨汁
捏一个笨的天使
坐上你的金色小火车疯跑

看

看

看人

看人的眼

看人的身躯

看人的辛劳

人的眼如何张望

人的身躯如何抓牢

人的辛劳如何渐老

眠

月光照不见的地方
我就开始做梦

你像一只刺猬
从我的梦中醒来

你执意要去远游
要迁徙、要赶路
哪怕是素壁
哪怕是空无

于是，睡眠
与死亡成为同一个刻度

岭与盆

陆地隆起
自高向低地穿过
红的　绿的　黄

海洋陷落
矜持于它的蓝

抛下的又被重新贴上
在狭长的缝隙里
总是倒向一边地长
不去理会暗处的惊慌

习　惯

好像失去了什么
我的床对不到月亮
看不见它一点一点地坠下
一点一点地圆满
很不习惯

我的小小头　无法
在夜里惊醒时
与她四目相望
很不习惯

今夜的盘
落在西边
很不习惯

雪　山

一片雪山落在身后
比蓝更深的天空里
风　摘掉云朵
伪装宁静

人民路的下段
到了夜里　穿堂的风
挤在黑色的巷口
月亮　探出一个头

关于诗

关于诗　我无法说出更多

不能依靠
不能依靠启示、谶语和猜想
不可笼罩
不可用笼罩获得封闭与征服

纯洁地使用技巧
观察词语　触摸情感
歌一首转身时的童谣
把它哼吟出来
让它顺利地流到这个世界

访　客

除了飞蛾、毛虫和蜗牛
今夜不会再有造访了
被我吓跑的　也不会再回来了

那些擅长分辨阴影的小动物
今夜安睡在我的床边

我竟一点也帮不了它们
甚至无法担当起它们的恐惧
更何况　是尊严

数伤口

约伯倒在泥土里刮伤口
他不诅咒
只是求一死

上帝不赐给他死
不是要戏他
只是撒旦的挑拨
让他想来个杀鸡儆猴

从四面八方赶来的恶名
扑倒在他的脚边
他已扛不住虚空与灰烬

柏拉图与他的害怕

狠心的柏拉图把诗人赶出了理想国
让他们从此走上流亡与孤独
他像护着心脏一样地
护着那个“善”的存在
拒绝一切可能的腐蚀

诗人　所有危险中最大的危险
让柏拉图的害怕无以复加
他夜夜噩梦
清早翻身起来第一件事
就是写下了这则
关于诗歌不过只是摹仿的终篇

诗人终日徘徊在真理之城的门外
除了仰望着它的灯火与酣眠
除了求助于语言的谵妄
天黑之后　他们什么也做不了

独　耳

为卡夫卡造一间他理想中的囚室
修高高的墙和长长的通道
让他可以不必眺望
不必因为眺望而心事泛滥
让他可以活动
可以走长长的路去取食

看他坐在幽黑的几案前
帮他围一个不会破的网
用一只耳朵倾听危险
另一只耳朵关闭流言

自　跋

我不知道我为什么写诗，诗歌不是我的预设。但写的动作一旦开始，就像草木开始抽芽，山头的雪开始消融，它也奋力长成一株完整的树或流出河道的形状。这或许是生命本来的择地而出，但这个“本来”也是没有道理的。如果只是为了说出那些生命的悲喜，写诗并不若歌哭和欢笑来得直接。在诗意还没有形诸语言文字之前，诗也许只是一些光线、声响、波动和流溢。在这些习作里，我好奇地打量着这个世界，打量着自己，就像刚出生时一样。这段路程自入滇而始，地台、玉案和万溪是辗转生活和涂抹的三处地方，它们容纳了我缓慢的成长。

2015.9　昆明